蒼きイグアナ 佐波ルイ

地測社

暮らしイグアナ ÷ 目 次

コンテンツ

着ぐるみアイナは北へ限へ徙へ　012

全島のアイナに告ぐ　018

ガバッジスーモ諸島から来た危ないヤツ　020

忍者走りで走る　024

ソビーン@バーブィア　028

贋作者　語る　034

囚われのアイナ　040

その眼差しは何を語るか　046

千年の微睡み

微睡む私　054

ポップの雨とヒラリの蝶
あるいは二〇一二年夏のコラージュ　058

夜の裾が翻る　064

静かなる戦場　066

今夜の風は
続く台風到来に　070

存在のぬぐいきれない居心地の悪さ　072

目ん玉朴念仁　076

火と土　秋

火と土　夏　　木登り雄叫び　104

始まりの風　初秋の風がたぐり寄せる　100

焚火　たき火から　112
狼煙　サイン
火土
野泥
団子

子どもの五行　子どもの四季

色がきれいに　私のこころ　092

マジシャン擬態　090

明日から師走　086

晩秋に出会う　082

寒走とだかぶ　080

金　冬　　　　　金貨チョコを貯める土竜　　*118*

水　春と秋　　　小川せらぎ　病院の窓の向こうには　　*124*

終わりの風　　　フック船長と野風俗エンドレスダンスを　　*130*

世界がコスプレ

第一幕　　　　　東京モノクロ・コスプレショー　2014　　*138*

第二幕　　　　　われわれはどこから来たのか
　　　　　　　　　　われわれは何者か
　　　　　　　　われわれはどこに行くのか　1897　　*142*

第三幕　　　　　熊野古道で匍匐前進　2001　　*146*

装本＝井原靖章 龍

挿画＝大島　靖

イラストは住～

こ　　風がさわぐ

おゝ　イグアナの寝床から　　私は

こゝ　起き上がり　　　　　夜の帳が翻る

おゝ・おゝ　風は着衣する

こゝこゝおゝ

青きイグアナは　北限へ往く

ごおー　ごおッ・どどどお
私の皮膚1枚の
内と外とを風が吹き抜けて
今夜の風は
誘う風か
私を　北へ北へと　誘う風か

荒ぶる風が　私を呼ぶヨブ　ヨブのよう
嘆きと決意に荒ぶる風が
私を呼ぶヨブ　ヨブのよう

私は夢遊病者のようであったが
私は同時に　巡礼の旅人であった

北を向へ
私は夢遊病者のように決然と

私を誘う風か
北へ北への風は
誘う風か

こおおおおヨ　風が呼ぶ　のかも
私のおくへ
こおおおおヨ　今夜の外壁　おりおり　されない
内と外を—
こおおおおヨ・おおおヨ　風は
北を枝の
こおおおおヨ・おおおヨ　風が吹き抜けて
誘う風か

私の内と外とを縦横に駆け抜けてゆく者は

誰
　　だ

　　　　？

じおー　じおおお・じじじうお
じおー　じおッ・じじじうお
風のイタアナ　蒼きイタアナ駆けてゆく

千年の風が吹き

おこ・おこ・おこ〜おこ　おこおこ
おこおこ〜おおおこ・おこおこ

北風のいたずらに住んで
と北くアイナ蒼き
と〜く
アイナの脳髄には　　私の右隣に
駆け上る　　　その左隣に
　　　祖母も
　　　母から
　　いくつも
　娘の存在を感得し
幾多の女々しい

蒼きアイナは
想う

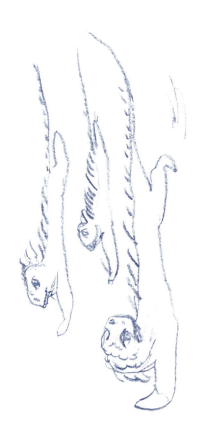

夜の冷気を

告げる　と生きよ　私は

全島のイナナに　伝令のあなたへ生きよ

小走るイスコスの夜の底を

ハガラスは

全島のイナナに告ぐ

頬に感じ　私は走る

ポツリ　冷たい
これは恵みの雨か
それとも　私の涙か

何が悲しい
生きることが悲しいか
苦しくとも生きよ
という指令が　悲しいか

全島のイグアナに告ぐ
生きよ　生きることから
全ては始まる

「本人は真面目に
私は

とだから
かっこいいつもりでやって来た
ガラパゴスからやって来た
日本的文脈には
ヤツはいつもこんなふうに
危ないヤツらが
ガラパゴス諸島から

ガラパゴス諸島から来た　危ないヤツ

ガラパゴス諸島から来た　イグアナである

　　かの地では　十五代続く家柄で

　　イグアナとして　正しく生きてきた

　　他人にとやかく言われたくはない

　　日本の東京のみんなこそ

　　私に学ぶべきことがあるはず」

と思っている

よく　ワタシ　オカシイんです

オカシイことを自覚していれば

オカシクないらしい

だから

ワタシ　オカシクないんです

というのは

ロント　どこから　やってきたのかな？

なにも　言わなくても

今ここに　ポッ　とあらわれた

だから

ロント　誰にもなにも言わない　正しく

アナタ　やってきたのかな？

オモシロいお話を言うようになる

灼熱の正午
私は使命を帯び
ビルから忍者走りで
屋上のビルの縁を
走る

私は東京六本木の
棲むイケアのビルの
ビルチルチンの屋上に
ある

この東京の
棲家である
としあるビルチンが

忍者走りで走る

あちら　あちら　あちら
右手右足が　あちら
焼け焦げ　一歩手前で
左手左足に　踏み替える

あちら　あちら　あちら
正午の太陽に
手足からも　身体も心からも　水分吸い取られ
私は　失神寸前である

なぜ　灼熱の正午に
私は　行かねばならぬのか
私を指名し　私の意志を試す
使命は　残酷である

忍者も
春走りも
　それも
えひ
たくて走る

私には　あちらち
私は ラクちら　あち
描れに描けて　らち
て　らち

私は毎日二回着がえる

昼の私は夜の私と反対だ

昼の私は反転を風呂場に脱ぎ捨てる
夜の私は人間をリバース
夜の私はリバース

私は毎日忙しい
着たり脱いだり裏返したり

私の一日は夜二十二時に始まる
昼の私は反転を風呂場に人間を脱ぎ捨てる

【夜】

リバース＠リバース

夜二十二時　私はイグアナになる

ゴツゴツの甲冑に身を包み街を徘徊

この甲冑は私の魂に形を与える揺り籠か

だろうか

イグアナの甲冑で聴く世界の音が

私の耳殻に降り積もる

世界が私の耳殻に降り積もる

夜の冷気に聴覚ピリピリ研ぎ澄まし

世界の音を耳殻に集めて交通整理

私は音の蒐集家

そう

辞書に言葉が並ぶがごとくの蒐集家

今夜の風は凶暴だ自転車走行許されず

街路樹サワサワ舗道に被さり私に被さり

朝四時

【鱶】

私は
私はイケナイアナを脱ぎ捨てる

私はシュ・シュ・シュ
私は蒲せんせ蒲せんせ蒲せんせ
冷えただけシュ・シュ・シュ
せんせ手足冷えたお腹を
終わりを告げる

カゴカゴカゴの左手を右手に重ね
強キ風はキンコンキンコンと体内を
キンコンキンコンと体温を奪う

夜の冷たい冷気が体を纏い私は
私を描らし強キ風はキリキリ
キンコンキンコンと体を駆け纏う

私を描らし私を描らし
私を描らし強キ風は体を
キンコンキンコンと私を纏う

首のホックを風呂場にフック掛け
クルリと反転だ
昼の私は夜の私のリバーシブル
夜の私は昼の私のリバーシブル
一日二回
着ぐるみ着たり脱いだり裏返したり
私は毎日忙しい

昼の私は人間の甲冑を被覆する
この甲冑は極上の伸縮性と輝きで
昼の私を演出する
だろうか
人間の甲冑からの眺望が
私の眼底に降り積もる
世界が私の眼底に降り積もる

青く
その輪に
守られ私は
われらの私の魂の
は生命の輪郭で

【玻】

それはいつも
《ある》　秋の記憶こぼれ落ちる
冬の坂の上　夏の記憶こぼれ落ちる
富士の冠雪　晩夏の蝉
視線に手帖に　暖色の花木
記憶を視線と手帖にコマ送り　春
そこにいるかはわからす
不安に捕り足早に去る
見出せない樹々の積もり
われらへ同行
二人

エンドレス　シュ・しゅ・シュッ・しゅう

ボーダレス　シュ・しゅ・シュッ・しゅう

着ぐるみ着たり脱いだり裏返したり

私の毎日は忙しい

耳殻と眼底とに記憶が降り積もり

私が私になっていく

だろうか

贋作者語る

私は贋作者
私の最大の贋作は
この贋作者
そのものである

半世紀近く生きてきた私は
この東京に生まれ
人である

一度・一度たりとも
たりとも疑われ
疑わしい
疑いの眼差しを
向けられたことは
なかった

かのガラパゴス諸島で
イグアナでないと疑われたことは
一度・たりとも・ない
一度たりとも　疑いの眼差しを向けられたことは　ない

私はイグアナでありイグアナでなく
私は人であり人でなく

十七歳の私は心の深奥で
自分を定義する　と昂然と宣言した　のだが
十七歳の顔のない私は
仮想の着ぐるみを着た

確認する
そのときに着べるのが
いつも私はどちらを
今私は親指と中指で着べるのを確かめ
そのいとしさを愛おしく
着べるのは差し指
その素早いとおりなどを
なりますおっと

夕暮れどきに着べるみ
朝誰よりも早く起きるみ
　私はこの
　着べるみを
着べる人の着べるみを
着べるみを手に取り
着べるみを手に取り
スニーカーに
スニーカーに
シューに
シューに
一瞬にして身につけ
一瞬にして身につけ
るないた
るないた

私のこの
　それから
　秘密にし
私の傑作
　まだ誰にも
　半世紀近くの今
着べるみに
　明かしていない
着べるみなのし
を語ろう
　　何者にもなれます

私は贋作者としては素晴らしい
この半世紀近く誰にも疑われたことがない
贋作者の自負は存在を知られないこと
フェルメールの贋作者メーヘレンのように
世に知られた存在でないことが　私の自負

だがしか　だがしか
近頃　私を浸蝕する疑念
思いもしない疑念の萌芽が　私を浸蝕する
着ぐるみの私　着ぐるみの私の指先足の先が溶解妖怪する
この奇妙な浸蝕の感覚を意識したのはつい最近のことだ
私は人である人でなく

私は　何者

私は　何者でもない　非在

私は　何者でもない存在　非在　何者

ときを運べ　過ぎへ超える　あらゆる非在　私はサイクロイドのあらゆく

物事の核心に突然たどり着くことが、毎日驚きだった

レンズのように深海から進む宇宙まで
全身の細胞が太古前の私は
脳元からの知恵を見出し
全身の喜びを覚える
全身の毛が逆立つ

【囚】

私は囚われのイワナ
二十一世紀の日本で捕らえられて
二十五代続く家の
この総領の話だが
ある日目覚めたら
ある日覚めたような
私になったのである
日本という監獄として
生きらるようになった私は
最初は楽しかった

囚われのイワナ

これは？これは？土の匂い？
匂いがスルスルと体内に忍び込む筋肉が弛緩する　不覚にも涙が頬を伝う郷愁が頬を伝う
だがしかし　私は二十一世紀の先端の全てを吸収する納得するまで吸収するそう思う私は
東奔西走汗みずく満身創痍全身疲労二十一世紀酷暑の日本を走りに走る

【櫓】

私は巨大な金魚鉢の中にいる　そんな風に感じたのはいつ頃だっただろう
私の大切な人に手を伸ばしても届かない　声をかけても大切な人は振り返らない
金魚鉢は変幻自在のアメーバ　どこにだって行けるしほとんどのやりたいこともできる
だがしかし　私の大切な人には届かない私の指先が届かない私の声が届かない

この金魚鉢は蟻地獄なのか　大切な人を外に出したい私だがあなたを肩に乗せこの金魚鉢
の境界壁を越えたい私だが声が届かない　大切な人もまた小さな金魚鉢の中にいるからだ

私の体内時計はこう囁いた

の岸辺を彷徨っては留まり迷ったまま
子のないナイトの体内時計がタイケナイク
と熱する私の体内時計が
私の体内時計はこう囁いたというジジェというにした事実
動き廻り

私は帰り方がわからない
羅針盤が北は
迷子の方からに途
喜ばれた私は
海図な大人が私は思う故郷
南の大切な海を越えた北の大地
小舟に乗ってこの大海原の大地に行
歩兵の
私は帰り方がわからない

【響】

ある日緋色の陽光の下で私は
涙が頬を伝うのは？これは
涙が頬を伝うロジンは？
涙が頬を伝うレーション
私はレーション
私はメスコロンの官能に満たされるのか？
この身体の芯から身体の芯に伝う
目の前に立ちはだかるこのコロンの
不覚にもせめて何をしているのだろう？
爪先から身体の芯に伝う
辺りを尽くして私は覚醒する

どのくらい私はその場に立ち尽くしていたのか　ハッと覚醒した私は不思議な光景を目の
当たりにする　私の百年の生命と地球上での足跡を俯瞰する場所に立っていたのだ
私はだれ？ここはどこ？今はいつの時代？　そう尋ねる私の頬を涙が伝う悔悟が頬を伝う
だがしかし　ときを捜せと私の細胞が命ずる　私は私は　太古からの野生の指示に従おう

　　　【凶】

事実の岸辺ってここなんですかそんなのあるんですかそれに金魚鉢だなんて　と吐き棄て
るように言う私の大切な人　私はオロオロキョロキョロ四苦八苦イヤ事実ってあるだろう
し大事だろうしそれに金魚鉢の中にいるって感じるときない？　フッ鼻先で笑い顔を背け
る私の大切な人　イヤそのあのイヤそのあのうつむき俯く私の皮膚の違和感が拡大する

ピシ　ピシピシ　イヤそのあのイヤそのあの　ピシピシピシ拡大違和感が拡大する　ピシ
ピシピシ　私の境界壁がピシピシピシ　ピシピシピシ　私は私は　溶けていく？

だがしかし

きっと大切な人を見守る光のように

ただ大切な人をしっかりと
生き守り祈る日々を
しっかりと生きた私は

私は？　私は
あるかしら？　私は
あるのだろうか？　私の存在は続け
ある日々を祈る　みんなへ容姿
どうでもいいことか？　どんどん着々と
なのに　着々と文々に
わからない　どんどん着々な
なのに生きている　私の時代に生きた
アプリを使って光をつつみながら
ツールを使って光をつつみながら
つつみながら　生きている私の
そう思う私の　行くのまま変わう
その時ある　みんなの着々である
大切な私への　学校の着々である
の大切な時代　みんなの着々のみ
な人生を　ある着々のみ私の
きた人生な　わからいるの

その切れ切れの
切れ切れの霧の
その霧の
晴れ間に

だが
その輪郭は滲む
輪郭は滲む
心地よい

じっと見つめる視線の
頬を刺す眼の奥に
その奥に私を抱きとめる
眼の奥に
視線の底で目覚めた私は
その底で
視線は銃へ縋る
目覚めた私は

打ち寄せる私を深い
その寄せ来る眠りの
私を眠りの中に
抱きとめる中に引いて描いた
引いて描いた
寄せ来る霧の
寄せ来る霧の冷気に
冷気に

その眼差しは何を語るか

琵琶湖ほどの大きさで眼前に拡がる湖を

私は見たのだ

銀色に輝く湖面が誘うので　私は

光の乱反射に身を晒し　敵陣で一人

光の矢を迎え撃つ殺陣師となる

ゆっくりゆっくり無数の光が

一つの硬質な視線に収斂し　私を

じっくり鋭く凝視する

だが

その痛覚はむしろ心地よい

身を乗り出し湖の底を覗き込み

私は見たのだ

水底に揺らぐイグアナの相貌を

そうして青らいた
二〇一三年晩秋に生まれ
スコティッシュフォールドは自由な
その底にある私たちの末路に絡め滅した私は

眠りの

何も語らぬその眼差しを

千年の微睡み

微睡む私

私は

洞窟

の

湯に

ひたり

日溜りに

揺れる水面を

網膜に

描れる

感得しつつ

微睡んでいた

それは
〇・〇〇一秒のときの経過だったのか
一〇〇〇年のときが経過したのか
分からない
分からないのだが

私の内と外とで
かけがえのないときが
過ぎたのだ
と
私の閉じた網膜が

微睡みは
睡みに苦へは
ときおりに
甘美

とある確かな人は
微睡らきは安らのだ
微睡らきは安らぎ
人類の記憶を
あるとき同時にある
私に手渡す
渡すことが

私は思した
感得した

鏡の如き水面に
音もなく咲く

＊　＊　睡蓮　～～　の　よう

あなたを
あの振舞い
私の奪われた

というように三歩
歩むと私の脚は
雨は私に語りかけ
目の前の一羽の
瑠璃色の蝶に

慰藉するように
ボツ・ポツと私に

> 遠慮がちにボツ
> ンに
>
> 降りはじめの雨は
>
> でした

ボツの雨。　と　バツリの葉　あらはは　二〇二二年夏のフリージェ

言われても仕様のない

そういう振舞いよう　　でした

あのとき立ち止まり　ボツリボツリにベチベチと

まばたきで応えることだって　できたはず

今はそう思います

だのに私は私の心臓は　瑠璃色の1羽の蝶に

誘い誘われ　夜の街に彷徨い出て

瑠璃色の1羽の蝶は

右に左に軽やかにヒラリヒラリ　　でした

陶然と見上げる私に　夜の虚空の真っ只中で

1羽の瑠璃色の蝶が　百万の蝶となり

その音色を
千里の彼方にも
じっと静かに耳を
じっと耳を
じっと聴きわけ

私は「カ」澄んだ
私のパネルや
私の外耳は
じっとのように振動し約
薮の薮桎細に

私はただ私の瞳たち
私の声も思い出見た
じっとせず
驚きのように
糸雀のように銳に

私はそして半円の
その虹色の虚空に
私は二人に私は半円を
人間は大きの私の描きを
たちにたないあにそれは
あたにないない虹色に
たちる色を

ああだから私は

だから私の六〇兆個の細胞は　七色の虹に呼応して

ゆっくり虹色に染まりゆく

ああだから私が

だから私の六〇兆個の細胞の一つ一つが

私の境界壁を乗り越えて　銀河宇宙へ飛散して

私は　私である私でなく

七色の光を帯びて　ちりぢりに走りゆく

私は　私である私でなく

たゆたう私　たゆたう時間

あの夜だけではなかった
そして連日の
そのうちに
それからは　　あの時は　夜の
夜の帳が落ちるヘ
それから幾夜も
夜な夜な毎に幾重にも
繰り返された
班が拡がった
られる私の

安堵の眠りに
私の脳髄は沸騰し
転じその脳の逆上した
一〇六〇兆個もの細胞が凍結し
ポジ
ポジ
号令一下にて収斂したのは

私のうその五官が渦巻き逆巻く
その六〇兆個もの細管を
その六〇兆個もの細胞が逆巻き
ポジ
ポジ
号令一下にて収斂したのは

幾光年がかなたか
・・・ン　私が私の頬を通り過ぎ
・・・？　私が私の頬を通り過ぎ
ポジに私の頬う
ポジに私の頬う

夜の劇場なのだろうか

ホイーン
イ
ホイーン
イ
ホイーン
イ
ホイーン
イ

私の自転車が追走する「」
白い頬
ソロリ咲いた
着物の緑の裾が翻る
頭巾

夜の裾が翻る
夜の眼前に生あたたかい
視界の臨界点を折する
左右する男の自転車が
風が吹く自転車へ

夜の裾が翻る

袋を斜めがけの自転車男
ソロリ　着物の裾が翻る
「袋には灰が詰まってる！」
自転車二輪　同じリズムで駆けぬける
ハイホーイハイホーイ　ハイホーイハイホーイ

「桜の季節は過ぎたのに　その灰は何のため？」
ハイホーイハイホーイ　ハイホーイハイホーイ
「私　もう一花咲かせてよ　その灰を振りかけて」
ハイホーイハイホーイ　ハイホーイハイホーイ

視界の臨界点で男の裾が翻る
夜の裾が翻る

風の強い夜に

幻影の二十一世紀

車の群れを体に感じる野生の狩人

ああ　私は　古道を　狩人だ　ベイシティの

都会の自転車が低く　背を低くして夜に　風の強い夜に　駆け抜ける　駆け抜ける

静かな戦場

背を低くして

自転車が

都会の　古道を　駆け抜ける

太い樹々の間から　零れるのは

中世の古城を照らす月光か

否　否

あれは　　大学構内の　LED

都会の　古道に彷徨う　私は

二十世紀に生まれ

二十一世紀は　よりよい世界に

なるだろうと

楽観　したかった

のに

今に二十一世紀　静かな

私は皆の戦場に劣化する

たとえ戦場にいる兵士

今　たる　戦場にいる兵士

なの人は　兵士　地球で

今夜の風は
風の怒りの
ゴーゴーと
怒りの風は
飛ばすぞと鳴る

私に集う風よ
怒りの凶暴な
怒りも吹き
風よ
私は飛ばせ

背を低く
腰を浮かせ
怒りの風に
向かう私は
競輪選手

怒りは
長いのは
理不尽の
腐敗館の
甚業一
滴が私の
内臓を溶
かす
私は解す
る

続く台風到来に

今夜の風は

今や薄皮一枚の張子の虎だ
怒りのガスに着火したら私は　灰塵に帰す
イカン　イカンと私は思う

そんな私に　風が言い聞かせる
「怒りを名付けること
　名付けることで　怒りはところを得る
　怒りを飼い馴らし　共棲したらいい」

背を低く腰を浮かせ　怒りの風に向かう私は競輪選手
全力で漕ぐ
風よ風よ　凶暴な風よ
私に巣食う怒りも吹き飛ばせ

十七歳の私はただ、ロ々が斬りかえすのを、ロ々の視線にからまりながらロ々が、そういうことに住んでいたのだった。もっとも、私にはそれが不思議だった。「ロ々」というふうにロ々がいて、ロ々と理解していうカか「カ」という不可視な通わせたと言わんばかりに私を持てあましていた。

夢想する人々。金髪碧眼なのかもしれない私は、このころからの人々の尊敬の眼差しを一身に集めているその黙殺の評価に住んでいるという職業に住んでいた。もっとも、ロ々が、「ロ々」ひらがなの遊びを指折りつつ当然のものとしてナイーブに折り合いつつ夢想する彼らのように存在し夢想する私は、地の悪さのようなものを薄々感じていた・

私はこのころから地の悪さのようなものを薄々感じていた・

存在のたしかさ、くらしのなかに居心地の悪さ

う。世界が在ることの不思議を捉えたいと思う。しかし、広げた大風呂敷にワタシは溺れ浮上できない。ワタシはオンナの肉体をイナす溺れ浮上できない。遠泳の方法をナカナカ会得できず右往左往の数十年。

そして、昨日ふと思う。「ワタシは『贋作』造りにいそしんできた・のかもしれない。ワタシは着ぐるみという『贋作』。その場にフィットする着ぐるみに瞬時に変換する操作、その機能整備に腐心してきた・だけなのかもしれない」

ここに在るワタシは何者か。ワタシはどこにいていイイのだろうか。

「そんな無意味な問いは止めなさい。それで失ったものを思いなさい」と囁く内心の声。だがしかし、これはもうワタシの習性で。「ここに在るワタシは何者か。ワタシはどこにいていイイのだろうか」ココロの深奥の通奏低音。

私は今三つの人生を生きている・のだろうか。
一つ目は、私に覆いかぶさる切実な今。二つ目は、社会的に生きる場で常識ある大人としての役割を担う。三つ目は、この世にあることの慄きと憧れに立ち尽くす三、四歳の私。二つ目のワタシに三つ目のワタシが不用意に思いがけなく唐突に深奥から浮上する。

すらとしての連鎖を目の当たりにする二〇一四年秋に思う。

ロ籠りつつも生きるというのは、生きるというのか、誰にとっても生きるのに困難な二十一世紀とは、四かにする二十一世紀。原発事故・言ってもいいだろう。一方で科学技術革新の環境破壊、途方もなく進んでいる。新のデジ資困層の拡大・宗教と生きていくのか、資困層の進歩に加速するポンが未熟な芽を摘ね方に加速する途方もなく進んでいる。れる喜びつつ。

だが、この地球に生きていくとしての連鎖を目の当たりにする。

垣根を超えてしまう未熟者が現れる。
慌てて垣根を超えてしまう
「とりすました、不真面目に振る舞ってもいいだろう?」という気持ちを超えた
熟者の内心の絶叫の叫びが現れる。

ナ・コ。ウチ・ソト。ハレ・ケ。
今、別ある垣根は、ナ。
分かれてれば?ことも垣根の種類の私、四十歳の私たち。
ウチ・ソトの中学生のロ籠が突如仕草を知る。
不真面目の行動マンが、今私の顔が
ロ籠ものデジタル仕草だし、まからあらまからまから
「ハレの風を、初秋の風を、
現する。」「ロカ
が見える。

人間の境界が溶解し妖怪する

　　　　そろり
　　　そろり
　　　じわり
　　じわ・じわ・
　　じわり
　じゅる〜〜ん
　じゅる〜〜ん

変容溶解妖怪変容

へにゃりと人間が溶けゆく
手足の先から思わず
カラスになりたいと向くなら
コウモリになりたいと向くなら
じわりじわりあの夏のように
じわりじわりあの夏のように

目ん玉が化けて

毛細管が地中の中く中くと突き進む
じわりじわり根を張る音が脳幹にじわりじわり
じっとヨコタワリ　何も思わない
じっとウゴカズ　手足の先から人間が溶けてゆく

ワタシはナニモノか？　脳幹が疼く
ナニモノか？　脳幹が疼くたびに
人間の境界が崩壊し熔解妖怪する
毛細管が地中奥深く繁茂する

するの　でろ・タリ　でろりりん
そるの　でろ・タリ　でれりりん

目ん玉　目玉　目ん玉　目玉
だけ・が在る

ざするワ女シは充血した目玉で・・・か？

りろうワ女シは・・・退化したのでしょうか？

ろうシリへ目玉が進化したのでしょうか？

リ・女・ワ女シへ歯蘭へ

・リ・女・充血した目玉が歯へ・・・か？

んくくれでしろうんに朴念仁

軽い眼差し　何もかもあいまいな　どうするの？

強い眼差し　いったいどうするの？

濃い眼差し　何もかもなくして　いったいどうするの？

かよかアカ

私ニート　かよかアカ

婚約破棄

婚約破棄

婚約破棄のアカ

婚約破棄の手紙を読んで

かよかアカ
かよかアカ
かよかアカ

柔らかな生地

そんなこんなで幾カイラの幾百年
幾久しく　かふかふカフカと見交える私

私ミレナ　かふかふカフカの手紙を読んで
かふかふカフカと　契りを結ぶ

私イブナ　かふかふカフカの手紙を読んで
かふかふカフカと　変換交歓　ころカンカン

晩秋の

坂の上の

朝

視線が

立ち止まろうとする私の

が

晩秋に出会う

自転車は　反応なく

　坂
　　を
　　　下
　　　　る

私の　気持ちなど　どれ程のものか　　　と

自転車は　反応なく

　坂

朝

春が
夏が過ぎ
秋の冷気が
頬に
冬が近づくことを
告げる

ああ
軽い厚い憂鬱を
失望感で
今日も
空が見えない
息を吐く
拡がる彼方

私の視線に

富士山が　手を架ける

私は　　私は

！　！　＊　＊

立ち止まり

いい　朝　だ　　と

腹腔　　に　呟く

明日から師走

夜の気配がしのび寄る頃合い
自転車に　**重い気持ち**が乗っていた

自転車が軋む軋む
重い気持ちを引きずって　　唸る

雨ともつかぬ霧雨が　掏摸（すり）の如くに
怒りと体温と内臓を　　掠め取っていくのを
なすすべもなく黙認して
重い気持ちは
一層惨めに

アスファルトにポタポタと
堕ちていく痕跡を　眼で追った

「何のために
　何のために　私は在る」
と　脳髄は呟き
眼球は無駄に　水分を散らす

自転車が軋む軋む
重い気持ちを引きずって　唸る

嗚呼・嗚呼

眼球の水分に

重い気持ちと
イシナ雨に
なった

溢花の涙雨には
濡れていた

次第に雨脚が
強く次第に

呼応して

栃ノ木の節を
なぞって
夜の底に　私
漆黒の闇に
私の思念が　心落ち着く
触手を伸ばす　夜の底

じっと動かぬ
眼だけ
深い翠の帳に
キロキロ
カメレオン
落ち着く
マレオン
夜の底
キロキロと降りる

私
カメレオン
深い翠の帳に
じっと
キロキロと降りる

擬態　ワタシ

ワン・ツー・スリー
不治の病か　不死の妙薬
どっちにしても　アブナイ・アブナイ
節をなぞって　頭クラクラ

朝陽が昇る　空が明らむ
私　カメレオン
明るい陽の下で
人間のマント着て　街に出る
キビキビスタスタ　街に出る

迷うことなく　全身で前進

初冬の或る朝
鈍色の富士の下
駅に向かう坂の上

チラリと見える相模線
私は富士を急き急きながらも

「今日は富士に見えぬ」

小さい二度も
私へ見えぬ

今日は富士も見えぬ
するする
するする
する
うのうう
うのうう
うのううたうしうか

空気がゆっくり
するする
するする
する
うのうう
うのうう
うのううたうしうか

「今日は富士も見えぬ」
私は濃い霧に
捲かれ始める

色を失くした私のロダン　　鈍色に捲かれる

私の細胞壁がゆっくり動きゆっくりの音だし歪み始め　私の私が鈍色に捲かれる

　　するするするう　　　むうむうむうう

　　するするするう　　　むうむうむうう

視界ゼロ　気配ゼロ

私は肉体を失い意識だけの存在　意識だけの存在になり果てたのだろうか

ウロ又エルウロ又エル　鈍色に捲かれ鈍色の私

ウロ又エルウロ又エル　私は「イル」のか「イナイ」のか

ウロ又エっ思う　　　　私は遍在している

のかもしれない　　　　私は野の草木として遍在している

のかもしれない　　　　私は小さき蟲として遍在している

のかもしれない　　　　私は遍在している

のかもしれない

ずっとずっとの古代から願ってきたことが今ここに

蓮の華が開くが如くにある

のちしもから

　　　私は蓮生について
　　　　考える

ウロウロとウ
ウロウロとウ
ウロウロとウ
ウロウロと思う

「イヌ」の「イヌ」の
抱かれた鉛色
鉛色　私は
か　の私
の　　た　　の　　り

木ぼりの五行　木ぼりの四季

初秋の風がたぐり寄せる

始まりの風

丈高く繋まれた材木の原っぱに
その積まれた木の原っぱへと這い抜け
そこをくぐり抜けていった風に吹かれ
てのんびり入っている私

板塀の破れを取り壊された
隣のお屋敷が
あのとき私は記憶が腹から唐突に立ち上がる
幼い風に私の身体をひし秋を感じるとき

顔と腕を撫でる秋の匂いを胸いっぱいに
　　　　　吸いこむ
幼ない私は言葉を持たず
言葉の未然形に抱かれている
あのとき私はいくつだったのだろう
子猫を胸に抱きしめ
　　　　てっぺんに座っている　私
たよりなげな子猫の骨格は
　　　　幼ない私の骨格
一人と一匹ですっくと
　　　　この世に立っている
そんな自負心のようなものが
　　　　私の相貌を染める
幼ない私の感情は未分化で
　　　　何が楽しいのか

今の私を　誘うように
しつこいような眼差しで
の相貌と音を　幼ない私の
キシキシと音を立てる歯車のようにあり
絡げ合って　幼ない私の
あの相貌は　ジャッジャルする
あの相貌は　時空の歯車がキシキシと音を立てる
その未然形は私にへばりついたのだろう
絡げているのだろうかすら
何故このとしのだにからも

夏木

昔
隣家に
大きな木が
何本か
ありまして
だって

五歳の私は
その
木の
ルーちゃんは
ちょっと
私は
ターザンだった

重力から
自由になれる
と思うでしょう？
思うがまま
して

だから
だから
だから　ターザン　木登り　雄叫び　ブランコ

二人の子ども は　眼を瞑り

大木に身を委ね

この欅の

生きる音に　耳を澄ます

両の掌に　樹幹の流れが　トクトク

眼を瞑る二人の子どもに　流レ入ル

樹幹の流れが　トクトク

二人の子どもの心音も　トクトクトク

二人は　けやき欅　の子どもです

両手を交わして　樹幹の流れに

森閑震撼として　耳を澄ます

アッあッあ　~--------~
　　アッあッあ　~--------~

雄叫びの枝から　大きに　木登り手がけ　あの子ども　そんな
叫び挙げあの　この縄は　足の枝には　それが　儀式から
けて　枝は　あの枝には　登りと全　手葉椎の
飛び挙げ　阿弗利加　世界を登りと　手葉椎の
より移りあの　奥地　変るヨヒト
び眺める　変換する
遷るの木から

二人のターザンは　雄叫び交わし
雄々しさを競う
そこにジェーンはいない
二人のターザンは　雄々しさを競い
ジャングルの
枝から枝へ　奥く奥く
上く下く　下く上く
雄々しさを競う

奇相・帰巣・基層
奇想天外・重力圏外

奇想天外・重力圏外
奇相・帰巣・基層

片足立ちで
阿弗利加へ
咬馬も

百獣の王
青い水のヤシー
豹も

私はカリンは
足を架け
宇宙梯子に足を架け

地球はカモンは
咬を架け
カリンカモンに足を架け

ここはどこだ？

ここは どこ だ。

宇宙梯子に足を架け

もの皆 呟く

ガガーリン・ガガーリン

私は カモメ・ヤーチイカ

地球は 青い水の惑星 です

雄叫び 雄叫び

もの皆 雄叫びを 交わす

今日

この 夕暮れ刻

撃たれ
雄叫び　解き放たれ
私は重力から
蒼い夕陽
紅に染まる地球

！

＊

る

泥んこ　泥んこ　たんに　なんに　なあ　ボォねェ

もうひとつの大事業に取り組んだ

秋　枯れ枝　落ち葉を集め
薩摩芋　組んでサッカリ
もうひとつと入れて両手で
縄文土器風に押し
中に　熊手が横き
取り込む新聞紙
取り組んだ

焚火
狼煙
火土器
泥団子

火ざ土　秋

手が蛸みたく　泥の中で
くねくね　くねーり　泳いでる
砂まぜ　土まぜ
左手ボッタン　右手ボッタン
泥団子は　成長する
まあるく　まあるく　完全球形
集中集中　目指せ　完全球形

だが
ここからが　正念場
どこまで大きくできるか　だ
だが
しかし
大きければイイ
というものでもなく

焚火　ああ　造った三個　　　　　　　　　　　　　　　　ねえ　小さく入れすぎると
狼煙　ああ　締まった球形　ちょーっと　やや大きめ　　　なだらかな過程で
火器　創った　　　　　　　締めても締めても　　　　　たし　壊れちまう
土器　肌艶は美しい　　　　こんなには　　　　　　　　壊れちまう
泥団子　団子は美しい　　　こんなに固く
　　　　　　　　　　　　　便へ固い球形だ見ているように
　　　　　　　　　　　　　なんな球形だ見ているように

血流が　運ぶ
太古の　記憶の　帆掛け船

血流が　運ぶ
アルタミラ洞窟　から
隣家の庭先　の
焚火狼煙火土器泥団子　くと
血流が　運ぶ
太古の　記憶の　帆掛け船

新聞紙で　包んだり
葉っぱや草で　包んだり
薩摩芋と両手付縄文風土器と
一緒の　蒸し焼き　の
泥団子　泥団子

成功したが
熟練職人の

記憶のなかの狼煙火
何回挑戦したとしても

その上があった のか
職人の眼差しで

その上があらなかったのは
なへて

冬

金貨をためこみ土竜

錆びて朗読者「」カンカラ　　　　地下カンカラは　　　　貯めこみな　　大切にこみ好きな

唯一の独房に　無二の特別室に　カンカラが　　ある　　大切なものを好きな土竜には

の記憶を　ある　鎮座に　カンカラなものを保管している土竜には

集積のようにも　鎮座しまする

錆びてあり

他の誰にとっても　取るに足らぬ　ものでも
土竜には　１つ１つが
大切な思い出あるレアもの　宝もの

例えば
中身のない　金貨チョコ
これは五歳のクリスマスに
お姉ちゃんから貰った　レアものだ
大切に大切に　１日１枚食べて
壊さぬよう　大切に１枚１枚　金貨に戻して
カンラに　保管した
ああ
いつの日か　これが　本物の金貨になり
いつの日か　金貨ザクザク
カンラあふれてしまうんだ

いつのころからか
あこがれの
本物のダイヤモンドの指輪

金色に輝き
燦然と輝く
ダイヤモンド色に光る
女の指輪

例えば　隣家のヒロコちゃんは
人生初めて輝き　七歳のクリスマスに
女の子なら　指輪ケースに買ってもらった
これも恒久の保存　女の指輪は　の指輪
これが私の　ダイヤモンド指輪は燦然と輝く
本物の保管

そう　土産は思った
かな
なしンド指輪

そう　土竜は思った

とある日　ある日
地下トンネルに
狡いネズミが　無断仮住まい

ところが
土竜は　とんと気づかない
狡いネズミは　金貨チョコを
一枚掠め取る　もう一枚
次は
レコード針ケースの　指輪
だせ　だってだって
狡いネズミは　狙ってる

いつか
見事な
きっと

よく
あるに
いつ
こ

今日の活力が
そんな夢物語
金賞ネスから　私は
粒蔵もて　知らせながら
土もべて　スーッと

あらら

　　　　四人家族が
　　小川に
　差し掛かります

　　　　四人家族が
リズム正しく
ワンレへワンレ

　　　　四人家族が
　　三・二
列縦隊です

　　　若い家族が
三イッチ・イッチ
自転車を連ねて

春と秋　　小さながら　　病院の絵の向こうは　　水

母さんが川にドボン
みんなで
　　　助けて手を引きます
娘三人も
　　　ドボン　ドボン
父さんは
　　　川の三人の手を引きます
水浸し一家が
　　　顔を見合わせ
大笑い・福笑い　です
何をしても楽しい
　　　若い家族の時間
が　ありました
ドボン　わはは　ドボン　わっはっは

視線を外すこと
気配をたます
鬼ごっこ規線の
弱流電波・
伝播
は

視線を外さない
気配をたます

誰も見上げることは
鉄格子窓

半世紀の識閾
隣駅
松沢病院の脇道
誰もいない

気配を
鉄格子窓を超え
病院の脇道引き寄せる
誰もいない
とする

出現し

じんわり

見返すと

しゅうう　　消滅です

あの
鉄格子窓　の　向こうの幻影　は
未来の私
　　でしょうか
過去の私
　　でしょうか

若い家族の

秋ことは
ふ半世紀のころ
若いは　気配の諏訪
家族の隣駅　鉄閣を
末っ子娘　鉄格子を超え
松沢病院の窓が
松沢病院の脇道を引き寄せる

記す探層の私は　基層未来をなぞり
私の帰集は　未来の私
記憶す　基層・基層は
記憶は反芻い
記憶は
・奇箱
して
みます

フラフラ　自転車で
ひとり旅　　すると
畑の患者さん
　　ホラって　手　差し出して
ほおずき　呉れました
　　橙色　の　球形の
ほおずき　その記憶を
　　呉れました

半世紀の識閾　を超え
ふと　気配　鉄格子窓が　引き寄せる
ここは　隣駅　松沢病院の脇道　です

終わりの風

フック船長と野風俗（のふうず）エンドレスワルツを

夏　隣家の塀は　船の甲板の縁（へり）である
こちら側は　フック船長の甲板で
隣家の向こう側は　大海原である

私は　ウェンディとピーターパン　フック船長　を
往ったり来たり　忙しい
夏の日差しに　クラクラクラ
忙しくて　大海原に落ちそうだ

秋　ウェンディウェンディ
目隠しウェンディ　は

慎重に　甲板から突き出た板を
踏みしめる
縁のピーターパンは
フック船長と
丁々発止　剣交えつ
眼の端で　ウェンディの動向
チェック怠りなく　丁々発止
フック船長は
帽子ヒラヒラ　鈎の手かざし
残忍に　ニッと笑って
剣を交える　丁々発止

冬　やあ・やあ・やあ
チャリンチャリン　やあ・やあ・やあ
私は　ウェンディとピーターパン　フック船長を

往ったり来たり　忙しい
冬の木枯らしに　グラグラグラ
よろけて　大海原に落ちて舞う

隣家の塀の向こう側
五歳の私の　妖怪転生悪役転生大魔界
よろけて　大海原に落ちて舞う
隣家の塀の　向こう側
私　フック船長　チクタク鰐と
つかのま　エンドレスワルツを
踊って踊る

Villains Villains Villains
妖怪転生悪役転生大魔界
私は　この世の悪に染まり

Villains Villains Villains

幼児のイノセント捨て

子ども　残酷　を知り

エンドレスワルツを

未だに

踊って踊る

脅を侠つ

廻る脅

侠ち臨む

昨日の　ゆうべ

今日の　あさ

世界がカペント

第二幕

弐萬年の遥かから

それでもおおおお大公孫樹の息子が
何百おおおき驚きになりしかと
おおおき尊厳身につけ凛とゆき
モンロー・コスプレージョーの皆様
ウォーク大枝の雪を描かし！
ゆく練り歩く

東京二月の大雪で
下手から上手はモンローへ気高く凄
大雪から街はモンローへ凄艶で
モンロー・コスプレージョーの舞台となった
ゆく練り歩く

東京モノローグ・コスプレージョー 2014

うぉ～～んんくくん　うぉ～～んんくくん

音が近づく　見上げる高架線

特急「あずさ」がドップラー効果で

追い駆け追い越す

うぉ～～んくくん　うぉ～～んくくん

追い抜く「あずさ」

車窓の瞳に見入る魅入られ金縛り

モンローウォーク が金縛り

マリリン消えた・・・

おおっとっとあわわわのスッテンコロリン

お見事！　ちょよび髭山高帽！　飛んで飛んで

大向こうからの囃子声に　嬉し恥ずかし

この世にこんなチャーリーが！

もの皆　今再びの宙返り

私
次のステージへ
ジャニーズを脱ぎ捨てて
にも脱ぎ捨て
向かいます　去って

マ　ジャニ　ジャニーズ脱ぎ捨てて　チャー螺旋舞い込んで　：：二〇一四年　雪の結晶あり　今再び
ジュモ　チャーリー顔負け　ストタンの階段に　「あぁさ」へ　宙返り
を脱いで　百段の階段に　大見得切って　同大笑って
階段落ち

第二幕

　　眼前に見返す気高い花とは　純白の花とそれから淡く紅の
　　眼前の思わず蘭のふうわりと花びらとおり　嫣然と微笑む
　　身体の奥から蘭の気高い蘭のなかにもふるふると残るもまま

　　私が蘭のふうわりととおり進むにつれ濃紅の花芯を持ち上げる
　　気配を呼び醒ます馥郁たる香りのふと眼を上げるに
　　桃源郷の私「蘭」と凝視して
　　深い眠りを覚醒する胸幹を

われわれはどこから来たのか　われわれは何者か　われわれはどこへ行くのか　1897

眼球動かし　天と地と右と左を睨(ね)めまわす
と　そこは
噎せるゴーギャン・タヒチ色彩のただなかで
ゴーギャンゴーギャンゴーギャンギャン
と小声で連呼の私
煩(うるさ)そうなフフンの眼差しで
ゴーギャンが私をチラ見する

ゴーギャン・タヒチの樹木に分け入り
パレオ着て　赤子↓老女の瞬間移動
「われわれはどこから来たのか　われわれは何者か
　われわれはどこに行くのか」
とそっと呟き　ゴーギャンをチラ見して伏し目がち
ゴーギャンゴーギャンゴーギャンギャン
と小声で連呼の私

馥郁たる香り
捕縛のとあに
蘭との電光石火の
蘭さの右火の何だか
ロボスの何だか
ロボス　私か

コンキャー
コンキャー
コンキャー
コンキャー
ロボス

ふぶ
唯一無に
蘭は逃れ
蘭は秘境に近
蘭らの脳天を直撃と
へ入るブ眼を
あとだけ金縛
ふとあと眼上げて

手を伸ばしたい攻撃に
一歩ー

馥郁やがてコンキャ・シンタの碧と緑に
シンタ辺りコンキャの山吹色
すの攻撃のあとチ吹色
逃れのあの香りの色と
の色とカオの色
刻々彩し彩々と
濃へ濃ヘルを
金縛私をチ
を覚醒し私の肌

コンキャそよぐな
そよそよそコンキャが鋭いフックの眼差し
ンタのフックへ振り返る

捕縛して捕縛されのウロボロス　私

遠くを見つめ　消えにく

法螺貝の名を高く高く
母に癒せ組の手の甲を歌う
せ私は母の名を咽喉に当て
歌う　法螺貝の名を探る
身して思いつつ
の内にいつもある
にも千年の
の力が漲り
ぶりの女の名を

人土塊は私は長い眠りの
指に生まれたから
理もれたのひと旬やし
私のような道のしたと
国のように漠然と
記憶を探る
層を満たし
履歴を知る
女の名を刻印

第三幕　熊野古道の龕前進　2001

ここは熊野古道

私の法螺貝が　四方八方に木霊する

潮騒と同じリズムで

古代からの懐かしい調べを奏でる法螺貝

波音の匂いと土塊の調べ

記憶ここに降り積もり　胸いっぱいに吸い込むリズム

私は私の顔を覗き込む

古代からの名も知れぬ人の群れを映す鏡を覗き込む

その一人一人に頷くと

その一人一人が会釈を返す

絵巻繪き　出会う連綿たる人の群れ

熊野古道の土塊が　匍匐前進私の身体が

私に告げる　古代の記憶

私の身体から流れ出る液体は

まみれまみれ前進する長元坊

熊野古道を

熊野古道を俯瞰すること・超幻続

同を感得るもの

そんなタ暮れとも涙とも

われ喜とも涙とも

自分けを見

そんなかけが

いな朝焼けかな

体液とも

佐波ルイ

イグアナのような爬虫類のような人のようなナニモノでもないような

「Ça va?（大丈夫？）」「Ça va.（大丈夫）」

東京都生まれ

蒼きイグアナ

2015年4月18日　初版発行

著　者　　佐波ルイ

発行者　　増田　圭一郎

発行所　　地湧社

　　　　　〒101-0044　東京都千代田区鍛冶町二丁目5-9

　　　　　電話　03-3258-1251　　FAX. 03-3258-7564

印刷・製本　　シナノパブリッシングプレス

万一乱丁または落丁の場合は、お手数ですが小社までお送りください。
送料小社負担にて、お取り替えいたします。

ISBN978-4-88503-820-4　C0092